WINX™ CLUB

Le destin de Layla

Bloom

C'est moi, Bloom, qui te raconte les aventures des Winx. À l'université d'Alféa où je poursuis mon apprentissage de fée, j'ai découvert peu à peu ma véritable identité. Je suis la fille du roi et de la reine de la planète Domino, qui a été détruite par les ancêtres des Trix. Je n'étais alors qu'un bébé. C'est ma sœur aînée, la nymphe Daphnée, qui m'a sauvée. Elle a trouvé sur Terre des parents adoptifs aimants à qui me confier. Aujourd'hui, je possède le formidable pouvoir de la flamme du dragon, convoité par les forces du mal. Alors je suis en première ligne pour défendre la dimension magique et ses différentes planètes. Heureusement que je peux compter sur mes amies fidèles et solidaires : les Winx !

La mini-fée Lockette est ma connexion parfaite. Chargée de me protéger, elle a une totale confiance en moi, ce qui m'aide à devenir meilleure.

Kiko est mon lapin apprivoisé. Il n'a aucun pouvoir magique et pourtant, je l'adore.

Stella

Originaire de la planète Solaria, la fée de la lune et du soleil a une très grande confiance en elle. Un peu trop, parfois ! Et puis, elle attache tant d'importance à son apparence… Heureusement qu'elle est aussi vive que drôle .

Amore est sa connexion parfaite.

Flora

Fée de la nature, douce et généreuse, elle est à l'écoute des plantes et elle sait leur parler. Cela nous sort de nombreux mauvais pas ! Dommage qu'elle manque parfois de confiance en elle.

Chatta est sa connexion parfaite.

Tecna

Directe et droite, elle est d'une grande débrouillardise. Normal, elle est la fée des sciences et des inventions. Elle maîtrise toutes les technologies, auxquelles elle ajoute un zest de magie.

Digit est sa connexion parfaite.

Tune est sa connexion parfaite.

musa

Orpheline, la fée de la musique est très sensible et pleine d'imagination. Face au danger, sa musique devient parfois une arme !

Layla. Venue de la planète Andros, la fée des sports est particulièrement courageuse. Dernière arrivée dans le groupe des Winx, elle a eu du mal à y trouver sa place. Peut-être parce qu'elle se vexe facilement. Aujourd'hui, pourtant, nous ne pourrions plus imaginer le groupe sans elle !

Piff est sa connexion parfaite.

L'université des fées est dirigée par l'adorable Mme Faragonda.

Rigide et autoritaire, Griselda est la surveillante de l'école.

Au royaume de Magix, un lieu hors du temps et de l'espace, la magie est quelque chose de normal. En plus d'Alféa, d'autres écoles s'y trouvent : la Fontaine rouge des Spécialistes, la Tour Nuage des Sorcières, le cours de sorcellerie Bêta.

Saladin est le directeur de la Fontaine Rouge. Sa sagesse est comparable à celle de Mme Faragonda.

Ah ! les garçons de la Fontaine Rouge… Sans eux, la vie serait beaucoup moins intéressante. Nous craquons pour eux parce qu'ils sont charmants, généreux, dynamiques… Dommage qu'ils aient tout le temps besoin de se sentir importants et plus forts que les autres.

Prince Sky. Droit et honnête, l'héritier du royaume d'Éraklyon sait mieux que personne recréer un esprit d'équipe chez les garçons. Son amour me donne confiance et m'aide à triompher des pires obstacles.

 **Brandon** est aussi charmant que dynamique et spontané. Pas étonnant que Stella craque pour lui.

 **Riven** apprend à maîtriser son impulsivité et son orgueil. Il voit beaucoup moins la vie en noir depuis que Musa s'intéresse à lui.

 **Timmy** est un jeune homme astucieux qui se passionne pour la technique. Avec Tecna, forcément, ils se comprennent au quart de tour.

 **Hélia** est un artiste plein de sensibilité. Flora n'en revient pas, qu'un garçon pareil puisse exister.

Convoité par les forces du mal,
Magix est le lieu d'affrontements
terribles.

 Valtor est un sorcier
extrêmement puissant. D'autant
plus qu'il cache son caractère
cruel et malfaisant sous une
apparence charmante. Son tour
préféré : transformer en monstre
toute personne qui s'oppose à lui. Ensuite,
soit le monstre sombre dans le désespoir,
soit il devient son esclave.

Les **Trix** ont été élèves à la Tour Nuage. Mais toujours à la recherche de plus de pouvoirs, elles ont fini par arrêter leurs études de sorcellerie. Elles préfèrent s'allier avec les forces du mal. Elles nous détestent, nous les Winx.

Icy, qui est à la fois l'aînée des Trix et leur chef, a pour armes préférées les cristaux de glace, le blizzard, les icebergs.

Stormy sait déclencher tornades et tempêtes.

Darcy utilise des sortilèges mentaux : elle crée des illusions de toutes sortes qui peuvent rendre fou.

Mme Griffin est la directrice de la Tour Nuage, l'école des sorcières. Mme Faragonda semble lui faire confiance. Mais je me demande si ce n'est pas une erreur…

Résumé des épisodes précédents

Lors d'une mission au Royaume Doré, Sky et moi avons enfin pu discuter de ce qui s'était passé avec Diaspro. Mon prince m'a assuré qu'il n'avait cessé de m'aimer, même quand il disait le contraire, ensorcelé par Valtor... Quel soulagement ! Et comme c'est bon d'être amoureux de nouveau !

Ce même jour, nous les Winx et les Spécialistes aidés d'Ophir, avons réussi à rapporter les extraordinaires Étoiles d'Eau. Apparemment, leur pouvoir magique est aussi puissant que celui de Valtor !

Chapitre 1

Ophir et Layla

Les laboratoires d'Alféa sont souvent libres en début d'après-midi. Mes amies et moi en profitons pour nous installer dans l'un d'entre eux.

— Encore une victoire pour les Winx ! s'exclame Stella.

Notre dernière aventure au Royaume Doré était vraiment incroyable !

— Mais à quoi ça sert d'avoir récupéré les Étoiles d'Eau, si on ne sait pas comment utiliser leur pouvoir ? demande Tecna.

Je pose le coffret d'or et de nuit sur la table et je l'ouvre délicatement. Les Étoiles d'Eau dorment à l'intérieur, elles sont toutes différentes les unes des autres.

— Voyons… poursuit la fée des sciences. Que savons-nous déjà sur elles ?

Je lui rappelle tout ce que nous avons appris :

— Leur pouvoir est l'exact opposé de celui du feu du dragon. Les deux forces existent depuis l'origine de la dimension magique. Elles deviennent

bonnes ou mauvaises en fonc-
tion de la personne qui les
utilise.

— Nous devons trouver comment réveiller leur pouvoir,
conclut Flora.

— Et si nous leur envoyions
toute notre énergie magique ?
propose Tecna.

Musa ne semble pas
convaincue.

— C'est risqué. Elles pour-
raient exploser, non ?

— On peut les enfermer dans
une sphère enchantée pour
nous protéger et leur lancer un

puissant courant magique… suggère Layla.

Effrayée, j'interviens :

— Non, non ! Il ne faut pas les brusquer ! Tentons une approche plus douce… Essayons d'entrer en communication avec elles.

— Attends Bloom ! s'inquiète soudain Musa. Si la magie des Étoiles d'Eau est capable d'annuler celle du feu du dragon, tu risques de perdre tes pouvoirs !

— J'en ai conscience, dis-je en hochant la tête. Mais pour vaincre Valtor, nous n'avons pas le choix.

Nous posons nos mains sur nos tempes pour nous concentrer sur nos pouvoirs magiques, comme nos professeurs nous l'ont appris...

Ça fonctionne ! Il se passe quelque chose d'incroyable. Alors que personne ne parle, nous percevons toutes le même message mystérieux : contre la force du dragon, les Étoiles d'Eau se mettent à notre disposition.

Pour fêter cette découverte, mes amies et moi décidons d'aller à Magix, danser dans une discothèque en compagnie des Spécialistes. Nous enfilons nos tenues de soirée les plus originales et nous sommes très contentes du résultat.

— Nous sommes superbes !

s'exclame **Stella** sans aucune modestie.

Flora se **tourne** vers Layla.

— Ne t'**inquiète** pas, on ne te laissera pas **toute** seule, même quand on **aura** rejoint nos amoureux.

— C'est **gentil**, mais j'ai proposé à Ophir **de** venir avec nous. Nos **dernières** aventures nous ont beaucoup rapprochés...

— Ah, ah ! dit Stella. Layla et Ophir, **Ophir** et Layla... Ça sonne drôlement bien, vous ne trouvez pas ?

Layla rougit.

— Ne t'emballe pas, Stella ! Je

ne sais pas encore si je... Enfin
si lui...

— *Ah, l'amour...*, murmure
Musa, aux anges.

Je passe mon bras sous celui de
notre amie.

— Laisse-toi juste porter par

tes sentiments, Layla. Et tout ira
bien !

Chapitre 2

Ce que Bloom ne sait pas

Dans sa nouvelle cachette, Valtor semble très déprimé. Assis sur son trône fait de rochers, il serre contre lui la boîte d'Agador. À l'intérieur, il conserve tous les sortilèges qu'il a volés sur les différentes planètes de la dimension magique.

— Qu'est-ce qui ne va pas ? demande Icy.

Il ne répond pas. Il ne regarde même pas les trois sorcières.

— Dis-nous, insiste Stormy.

Darcy prend son air le plus charmeur.

— Tu peux nous faire confiance, Valtor…

Le magicien se redresse. Sans se séparer de la boîte, il se met debout et tape du poing dans le vide. Ses traits harmonieux sont enlaidis par la colère et le chagrin.

— Vous voulez savoir pourquoi ça ne va pas ? Eh bien, j'en

ai assez de la bonne entente entre les Spécialistes et les Winx ! J'en ai assez que nos ennemis aient toujours le dessus sur vous, les Trix ! Et j'en ai assez de vivre comme une bête traquée, malgré tous les pouvoirs rassemblés dans cette boîte !

— Mais… proteste Icy.

— Tais-toi ! C'est exactement comme avant !

— Avant quoi ?

— Que la Compagnie de la Lumière se forme et…

— … avant ta défaite et ton emprisonnement à Oméga ?

Ces souvenirs semblent troubler Valtor.

— Cette fois, ce sera différent ! Personne ne pourra m'arrêter, même pas cette Compagnie de la Lumière qui se reconstitue contre moi… !

De plus en plus en colère, il secoue violemment la boîte

d'Agador. Effrayées, les Trix reculent de quelques pas et se serrent les unes contre les autres.

— Je trouverai le moyen de passer à travers la barrière protectrice d'Alféa et je volerai toutes leurs formules magiques !

Ils verront enfin qui je suis ! D'ailleurs je vais commencer… dès maintenant !

Dans le centre-ville de Magix, les Spécialistes attendent leurs amies devant la discothèque. Ils sont aussi très élégants.

Pour patienter, Ophir donne à Riven quelques conseils pour se battre plus efficacement. Le Spécialiste, qui l'a déjà vu à l'œuvre, l'écoute avec beaucoup d'intérêt.

— Mais où as-tu appris tout ça ? Tu m'épates !

Une ombre de tristesse passe sur le visage d'Ophir.

— J'ai grandi sur une île, sans aucun ami avec qui jouer... Heureusement que les gardes qui veillaient sur moi étaient gentils. Ils m'ont appris toutes leurs méthodes de combat...

— Tu devais te sentir très seul ?

— Oui, admet Ophir en baissant les yeux.

— C'est curieux, ton enfance ressemble à celle de Layla.

Ophir sourit.

— Ah, Layla ! C'est une jeune fille extraordinaire. Je pourrais passer des heures à la regarder…

Riven lui lance un clin d'œil.

— Ça tombe bien : la voilà !

Chapitre 3

Une fuite surprenante

Stella saute dans les bras de Brandon, et moi dans ceux de Sky. Flora prend la main d'Hélia, Musa sourit tendrement à Riven, et Tecna à Timmy.

— Salut, Ophir ! dit Layla. Je suis ravie que tu aies pu venir ! !

Une fois à l'intérieur de la discothèque, chacune d'entre nous danse avec son amoureux... sauf Layla. Ophir est trop intimidé pour l'inviter ! Assis sur une banquette, ils regardent les couples sur la piste, l'air de plus en plus tristes...

Soudain, Ophir se lève, très inquiet.

— Excuse-moi, Layla, il faut vraiment que j'y aille !

Et il s'enfuit vers la sortie ! La fée des sports n'en revient pas. Elle croit d'abord que c'est elle qui l'a effrayé. Mais trois hommes curieusement habillés,

en costume et lunettes noirs, se
mettent à courir derrière le
jeune homme en criant :

— C'est lui !

— Rattrapons-le !

Je m'approche de notre amie :

— Pourquoi ces hommes en

veulent-ils à Ophir ? Tu es au courant, Layla ?

— Pas du tout ! Mais compte sur moi pour découvrir ce qui se passe… J'espère qu'il n'a pas fait quelque chose de mal !

Après cet incident, plus personne n'a envie de danser et nous décidons de quitter la discothèque. Dehors, à notre grande surprise, des éclairs très violents déchirent le ciel de Magix.

— Mais il était tout bleu à notre arrivée ! s'étonne Layla. Et il n'y a même pas de nuages !

D'où peut bien venir cette foudre ?

— Les éclairs sont trop nombreux, fait remarquer Timmy. Ce n'est pas un phénomène naturel.

J'ai un mauvais pressentiment… que les événements ne tardent pas à confirmer. Dans le ciel, les éclairs dessinent la marque de Valtor !

La foudre maléfique se met à tomber un peu partout dans les rues, créant des mouvements de panique.

Soudain, c'est le sorcier en personne qui apparaît dans le ciel.

— Peuple de Magix, je suis venu vous faire une offre de paix !

— Tu parles, réplique Tecna avec ironie. Il nous attaque pour nous offrir la paix !

— On l'a cherché partout, et le voilà qui vient nous provoquer, commente amèrement Timmy.

— Moi, Valtor, je provoque en duel les directeurs des trois écoles de magie : Faragonda,

Griffin et Saladin ! Si demain, à l'aube, ils acceptent de se mesurer à moi, je jure sur l'honneur de ne pas détruire Magix. En revanche, si je sors vainqueur du combat, ils devront me remettre tous les sortilèges secrets de leurs écoles.

Je suis très en colère :

— Ils n'accepteront jamais !

Le sorcier ricane :

— Je suis le plus puissant des magiciens : ils vont devoir m'écouter ! !

Chapitre 4

Ce que Bloom ne sait pas

Le signe de Valtor est apparu dans le ciel au-dessus des trois écoles de Magix : Alféa, la Fontaine Rouge et la Tour Nuage. Les élèves et les enseignants sont effrayés.

À Alféa, Mme Faragonda et

tous les professeurs sont en pleine discussion pour savoir s'il faut ou non se battre en duel avec Valtor.

Debout sur son fauteuil, Wizgyz semble très nerveux.

— En tant que doyen de cette école, je te conseille de ne pas relever ce défi.

— C'est sûrement un piège, ajoute Palladium.

— Si tu es blessée, Alféa se retrouvera sans protection, dit Wizgyz.

Griselda insiste :

— Nous avons déjà vécu ça

une fois, et nous ne voulons pas
que cela se reproduise.

— Et puis, dit Wizgyz en haus-
sant le ton, nous refusons que tu
mettes ta vie en danger !

Mme Faragonda les écoute cal-
mement. Enfin, elle prend la
parole :

— Je vous remercie de votre gentillesse. Je comprends votre inquiétude. Mais ma décision est prise. C'est le destin de toute la dimension magique qui est en jeu.

— Mais enfin, Faragonda ! s'exclame Griselda.

La directrice semble soudain très fatiguée.

— Je t'en prie, Griselda, ne rends pas les choses encore plus difficiles qu'elles ne le sont…

— Ce n'est pas mon intention !

— Saladin, Griffin et moi avons reconstitué la Compagnie de la Lumière. Autrefois, nous avons gagné cette bataille contre Valtor. Voilà une occasion de le vaincre à nouveau, et cette fois pour de bon !

Le lendemain, à l'aube, trois personnages dissimulés dans de longs manteaux marchent dans la forêt brumeuse. Un à un, ils retirent leurs capuches : il s'agit de Mme Faragonda, Mme Griffin et Saladin.

— Je savais que vous vien-driez... s'élève une voix derrière eux.

— Est-ce qu'on avait vraiment le choix ? se moque Saladin.

— On a toujours le choix, répond la voix.

Valtor surgit de derrière les arbres. De nombreuses années se sont écoulées depuis la dernière confrontation entre le sorcier et la Compagnie de la Lumière. Mais si le magicien est resté jeune grâce à son séjour dans le monde glacial d'Oméga, ce n'est pas le cas des trois directeurs d'école, qui ont pris quelques rides, des cheveux blancs et qui ont des rhumatismes…

— Ne perdons pas de temps, le coupe Griffin. Demande à tes sorcières de se montrer, Valtor !

— Elles ne participeront pas au combat. Tout va se jouer entre vous et moi.

Les directeurs échangent des regards surpris. Veut-il se battre seul contre eux trois ? Quel piège leur prépare-t-il ?

— Pour vous montrer ma bonne foi, poursuit le sorcier, j'ai apporté la boîte d'Agador. Elle contient tous mes sortilèges, y compris ceux que j'ai volés sur les planètes de la dimension magique. Si je suis vaincu, vous pourrez les leur rapporter.

— Qu'est-ce qui nous prouve

que tu dis la vérité ? lui demande Faragonda.

Valtor a un sourire inquiétant.

— Vous avez ma parole, bien sûr… Bon, maintenant, passons aux choses sérieuses. Voilà comment nous allons procéder. Je vais me battre tour à tour contre chacun d'entre vous, en commençant par le plus faible.

— Pourquoi devrait-on accepter ? demande Saladin.

— Parce que ce sont mes conditions, un point c'est tout, ricane Valtor.

Les trois directeurs se regardent… Lequel d'entre eux

est le plus faible ? Qui a perdu le plus de force magique en vieillissant ?

Content d'avoir semé le trouble parmi ses ennemis, Valtor ouvre la boîte d'Agador. Il en tire un dangereux sortilège qu'il lance en direction des Compagnons de la Lumière. Un brouillard épais les enveloppe et chacun d'entre eux croit voir Valtor en face de lui, à la place d'un autre Compagnon de la Lumière.

Ainsi, Faragonda envoie dans un lac tout proche le faux Valtor qui est en réalité Griffin. Puis

Saladin projette dans un buisson Faragonda qu'il a confondue avec Valtor. Et Griffin attaque Saladin par erreur. Chacun se bat contre ses amis en croyant lutter contre le sorcier maléfique !

Valtor s'éclipse en ricanant :

— Ah, ah, ah ! Battez-vous jusqu'au bout, Compagnons de la Lumière ! Soyez héroïques, comme ça, vous vous détruirez encore plus rapidement !

Chapitre 5

Mauvais pressentiment

Près de moi, un enfant interroge sa mère en montrant le signe de Valtor dans le ciel :

— Maman, c'est quoi, ça ?

— Je ne sais pas, mon chéri. Mais mieux vaut rentrer à la maison.

Soudain, le signe lumineux se transforme en un écran géant qui retransmet le terrible combat entre le faux sorcier et les Compagnons de la Lumière.

Nous voyons nos directeurs qui lancent à tour de rôle des sorts très puissants sur Valtor...

Brandon est très énervé :

— Comment peut-on assister à ce combat sans rien faire ? !

— Valtor a une manière de se battre que je trouve très bizarre, fait remarquer Sky. Il semble vaincu et, l'instant d'après, il réapparaît en pleine forme.

— C'est bizarre, dit Flora. Où

est passée Mme Faragonda, tout à coup ? Il y a trois secondes, Valtor se battait contre elle et voilà que Griffin a pris sa place...

Je suis d'accord avec eux :

— Ce qui est étrange, c'est qu'on ne voit jamais les trois directeurs ensemble...

J'attrape Flora par le bras.

— Venez les Winx, il faut retourner à Alféa, vite ! J'ai un terrible pressentiment !

Le temps de nous transformer en Enchantix, et nous volons à toute vitesse vers notre école. Dès que nous apercevons ses tours, nous comprenons que quelque chose ne va pas. La barrière de protection tremble. On dirait qu'elle est en train de s'effacer ! Au même moment, dans le ciel, l'écran géant retransmet l'image de Mme Faragonda qui s'effondre sur le sol, frappée par un sort qu'elle n'a pas vu venir…

Je m'affole :

— Si notre directrice n'a plus de force, la barrière va céder !

Nous atterrissons dans la cour d'Alféa. Mais mes jambes ne me portent plus : je suis en train de tomber dans les pommes !

— Qu'est-ce qui t'arrive, Bloom ? s'inquiète Flora. Tu es toute pâle !

— Je sens une présence obscure… Quelqu'un a réussi à

pénétrer dans l'école… C'est Valtor, j'en suis sûre !

— Ce n'est pas possible ! dit Tecna.

Elle me montre du doigt l'écran, où le sorcier continue de se battre contre les directeurs.

— Je sais mais… Grâce au feu du dragon qui nous lie, je peux sentir sa présence. Je vous jure qu'il se trouve ici, à Alféa ! Faites-moi confiance !

Suivant mon instinct, je me mets à courir vers la bibliothèque. Devant la grille dorée qui la protège, je le reconnais, c'est Valtor !

Avec ses pouvoirs magiques, il est en train d'ouvrir la serrure. Il se retourne alerté par le bruissement de nos ailes.

— Les Winx !

— Je savais que vous seriez là, Valtor ! Vous voulez voler les formules magiques de l'école, n'est-ce pas ?

— Tu es une fée très intelligente, Bloom… Mais ça ne te suffira pas pour m'arrêter !

Il lance un sort dans notre direction et nous voilà encerclées par une muraille de feu ! À travers les flammes, nous le voyons pénétrer dans la bibliothèque où sont cachées les précieuses formules magiques d'Alféa…

Chapitre 6

L'eau contre le feu du dragon

En rassemblant nos pouvoirs d'Enchantix, nous réussissons à éteindre le feu ! Ouf ! Nous l'avons échappé belle ! En quelques battements d'ailes, nous rejoignons le sorcier devant les étagères de livres magiques.

Tecna déchaîne une tempête électrique. Tous les livres de la bibliothèque se mettent à voler vers Valtor qui est peu à peu recouvert par une montagne de papiers.

— Vous pouvez reprendre vos livres ! hurle-t-il en se relevant.

Ceux-ci reviennent vers nous à toute allure et menacent de nous assommer ! Heureusement que Layla les arrête avec son bouclier magique !

De son côté, Flora déclenche la croissance super rapide de plantes vertes autour des jambes de Valtor, puis de tout son corps.

Grâce à ses ondes sonores, Musa renforce les liens qui emprisonnent le sorcier. Et Stella en profite pour l'affaiblir en lui envoyant son énergie solaire.

Mais le feu du dragon est un pouvoir terriblement puissant.

En se concentrant, Valtor réussit à se libérer d'un seul coup et il projette mes amies à l'autre bout de la pièce !

Je suis la seule à résister. Je possède un pouvoir identique, et je l'ai renforcé sur l'île aux dragons. Mais ma magie reste insuffisante pour vaincre Valtor. Une seule solution : faire appel aux Étoiles d'Eau.

J'ouvre le coffret d'or et de nuit…

— Ne fais pas ça, Bloom ! s'écrie Stella. On ne sait pas quel effet ça va avoir sur toi !

Tant pis. Nous devons débarrasser l'univers magique de cet horrible sorcier.

— Elles sont notre seul espoir ! je lance, sûre de moi.

Valtor, lui, se frotte déjà les mains.

— Les Étoiles d'Eau, parfait ! Je vais les récupérer elles aussi…

Je me concentre pour envoyer toute la force du feu du dragon sur les Étoiles… Aussitôt, elles se transforment en une large spirale de lumière qui nous enveloppe, Valtor et moi. Je me sens devenir très faible, comme si tous mes pouvoirs m'étaient retirés d'un seul coup…

Quelle drôle d'impression ! Mais ça en vaut la peine, car Valtor semble encore plus touché que moi. Il tombe à genoux, puis s'évanouit sur le sol.

Lorsqu'il rouvre les yeux, je possède encore un tout petit peu de feu du dragon. Je m'apprête à le lancer sur lui pour en finir, mais il me lance :

— Si tu me détruis, Bloom, tu détruiras aussi tes parents.

Je secoue la tête.

— Vous essayez encore de me manipuler !

— Non, je ne te mens pas. Autrefois, quand les Compagnons de la Lumière m'ont vaincu, j'ai utilisé avec mes dernières forces une formule magique pour emprisonner Oritel et Marion à l'intérieur de mon corps. Si tu me tues, ils mourront avec moi.

Je pousse un cri d'effroi. Comment pourrais-je prendre un tel risque ?

Je suis sous le choc et Valtor

rassemble l'énergie qui lui reste… pour disparaître !

C'était un mensonge ! J'en suis sûre maintenant ! Je rugis de colère :

— La prochaine fois qu'on se rencontrera, Valtor, tu devras m'affronter jusqu'au bout !

Je sens une main amicale se poser sur mon épaule. C'est Musa.

— Tu as fait de ton mieux, Bloom.

Je baisse la tête, les yeux pleins de larmes.

— Valtor va pouvoir tranquillement reprendre des forces et

nous attaquer à nouveau. Ce combat n'a servi à rien.

— Mais non. Grâce à toi, les sorts d'Alféa ont été sauvés !

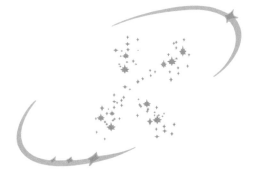

Chapitre 7

Une seconde chance

Dans la matinée, Mme Fara-gonda revient à Alféa, épuisée mais toujours vivante. Dès que les Étoiles d'Eau ont annulé les pouvoirs de Valtor, l'illusion qui ensorcelait les directeurs a dis-paru. Ils ont enfin compris qu'ils se battaient les uns contre les autres !

La directrice d'Alféa nous félicite chaleureusement.

— Mesdemoiselles, sans vous, nous aurions fini par nous détruire mutuellement, Saladin, Griffin et moi. Votre courage et votre intuition méritent bien une récompense. Qu'est-ce qui vous ferait plaisir ?

Je suis la première à répondre :

— Une nouvelle sortie en discothèque, s'il vous plaît, madame Faragonda. Ce soir, si possible !

— Accordé. J'imagine qu'il

faut aussi prévenir Saladin ?
Pour qu'il donne aux Spécialistes la permission de s'absenter
de la Fontaine Rouge ?

Nous sautons de joie.

— Merci Mme Faragonda !

Et vite, nous filons nous pré-
parer.

Quelques heures plus tard, assises à l'intérieur de la discothèque, mes amies et moi sirotons un cocktail en attendant les garçons.

— Quelle bonne idée tu as eue, Bloom ! murmure Flora.

— Notre dernière soirée ici ne s'est pas très bien terminée. Alors j'ai pensé que nous avions droit à une seconde chance…

— Moi aussi, j'aimerais bien avoir une seconde chance, dit une voix masculine derrière nous.

Nous nous retournons. C'est un charmant jeune homme

brun, dont les longs cheveux sont retenus en arrière : Ophir !

Il se penche vers Layla pour se faire entendre malgré la musique.

— Est-ce qu'on peut discuter en tête à tête ?

— Pas facile, dans un endroit comme celui-là, répond notre amie.

— Au moins, les deux gorilles là-bas ne nous entendront pas.

Ophir désigne les hommes en costume et lunettes noirs qui, la veille, l'avait poursuivi.

— Ils ne me quittent pas des yeux une seule seconde.

Layla fronce les sourcils.

— Il est temps que tu me donnes une explication.

— Tu as raison.

Je lui cède discrètement ma place et il s'assoit près de notre amie. D'ailleurs nos amoureux

arrivent ! Je me précipite vers Sky.

— Tu viens danser ?

Chapitre 8

Ce que Bloom ne sait pas

Assis près de Layla, son regard plongé dans le sien, Ophir lui explique :

— Ces hommes qui me suivent partout ne sont pas venus pour m'arrêter. Juste pour me ramener à la maison. Il y a un mois, j'ai fugué. Je viens de la planète Andros.

— Pas possible ! Moi aussi !

— Je sais... Je m'appelle Nabu.

— Nabu ! Mais c'est le nom du fiancé que mes parents voulaient m'obliger à épouser.

— Exactement. Tes parents et les miens ont voulu arranger notre mariage sans nous demander notre avis. Mais je n'avais pas du tout l'intention de me marier avec une jeune femme que je ne connaissais pas...

— Même une princesse ?

— Bien sûr. L'amour est plus

important que la richesse et les honneurs.

— Je suis bien d'accord.

— J'ai décidé de découvrir par moi-même qui était cette horrible Layla que mes parents avaient choisie. Voilà pourquoi

je t'ai d'abord espionnée... puis caché ma véritable identité.

La fée des sports sourit.

— Et alors ? Est-ce qu'elle est aussi horrible que tu le pensais, cette Layla ?

Nabu lui prend les mains et se met à bafouiller.

— Pas du tout. C'est pire... Je suis tombé amoureux d'elle ! Layla, pardonne-moi de t'avoir menti !

Quelques jours plus tard, le roi et la reine d'Andros se promènent dans les jardins du palais royal en compagnie d'un couple d'amis, les parents de Nabu.

Et voilà que Layla et Nabu s'avancent vers eux, main dans la main ! C'est le vaisseau spatial des Spécialistes qui les a conduits sur Andros, avec la permission de Faragonda et Saladin.

Malgré son amour pour ses

parents, Layla est inquiète. Elle se souvient de sa colère quand ils lui avaient annoncé son futur mariage avec un inconnu. Ses paroles blessantes avaient alors dépassé ses pensées. Aujourd'hui, elle n'ose pas leur sauter dans les bras.

— Papa, Maman, dit-elle doucement, je vous ai sûrement déçus en refusant d'épouser le garçon que vous aviez choisi pour moi…

Sa mère lui sourit avec tendresse.

— Nous avons cru bien faire en voulant respecter la tradition.

Mais nous nous sommes trompés, Layla. Cette coutume allait contre tes sentiments.

La mère de Nabu ajoute :

— Nous avons fait la même erreur, Nabu. Après ta fuite, nous avons fini par réaliser

qu'on ne peut pas forcer deux
personnes à s'aimer.

— On dirait pourtant que le
destin vous a réunis, ajoute son
mari d'un air joyeux.

Le roi d'Andros attrape amica-
lement Nabu par les épaules.

— Vous êtes encore bien
jeunes, Layla et toi. Nous parle-
rons mariage plus tard. En attendant, apprenez à vous connaître.
Et amusez-vous, les enfants !

Les Winx et les Spécialistes
sortent alors du vaisseau spatial

posé un peu plus loin. Ils avaient préféré rester discrets pendant ces retrouvailles délicates. Ils courent maintenant vers leurs amis et les entourent en riant.

— Bienvenue au club des Spécialistes et des Winx, Nabu !

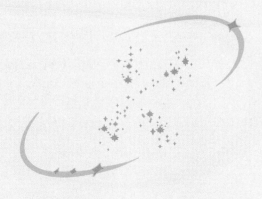

FIN

Quel nouveau plan maléfique
les Winx devront-elles déjouer ?
Pour le savoir,
regarde vite la page suivante !

Bloom et ses amies sont prêtes pour de nouvelles aventures !

Winx Club 27
Les trois sorcières

Les parents de Bloom sont-ils encore vivants ? La fée veut à tout prix savoir si Valtor lui a menti ! Mais seules les terribles Sorcières Ancestrales de la Tour Nuage peuvent lui révéler la vérité...

Pour connaître la date de parution de ce tome, inscris-toi vite à la newsletter du site :

www.bibliothequerose.com

Les as-tu tous lus ?

Retrouve toutes les histoires de tes fées préférées
dans les livres précédents…

Saison 1

· ·

1. Les pouvoirs
de Bloom

2. Bienvenue
à Magix

3. L'université
des fées

4. La voix
de la nature

5. La Tour
Nuage

6. Le rallye
de la rose

Saison 2

· ·

7. Les mini-fées

8. Le mariage
de Brandon

9. L'étrange
Avalon

10. À la poursuite
du Codex

11. Sur la planète
du prince Sky

12. Que la fête
continue !

13. Alliance
impossible

14. Le village
des mini-fées

15. Le pouvoir du
Charmix

16. Le royaume
de Darkar

Saison 3

17 : La marque
de Valtor

18. Le Miroir
de Vérité

19. La poussière
de fée

20. L'arbre
enchanté

21. Le sacrifice
de Tecna

22. L'île aux
dragons

23. Le mystère
Ophir

24. La fiancée
de Sky

25. Le prince
ensorcelé

Table

« Pour l'éditeur, le principe est d'utiliser des papiers composés de fibres naturelles, renouvelables, recyclables et fabriquées à partir de bois issus de forêts qui adoptent un système d'aménagement durable. En outre, l'éditeur attend de ses fournisseurs de papier qu'ils s'inscrivent dans une démarche de certification environnementale reconnue. »

Composition **Nord Compo** – Villeneuve d'Ascq

Imprimé en France par Jean-Lamour - Groupe Qualibris
Dépôt légal : mars 2009
20.20.1610.3/01 – ISBN 978-2-01-201610-1
Loi n°49-956 du 16 juillet 1949
sur les publications destinées à la jeunesse